생활 속의 유머 센류
한국어 역

ハングル訳
暮らしのユーモア川柳

著者
今川 乱魚

翻訳者
曺 喜澈

新葉館出版

서 문

序 文

란교 센류가 한일 양국의 가교가 되는 날

일본의 현대 센류를 대표하는 란교 선생의 유머 센류를 일본인들에게 뒤지지 않을 만큼 일본 문화와 언어에 정통하고, 게다가 위트 센스까지 가지고 있는 조희철 씨에 의해 한국어로 번역되어 출판되게 된 것을 아주 기쁘게 생각한다.

센류가 한국어로 번역된 것은 세계에서 처음으로 알고 있다.

이 책이 한국에 널리 알려져 많은 사람들이 읽어 주기를 나는 꿈꾸고 있다.

그 꿈이 현실이 되는 날, 란교 선생의 센류는 훌륭한 번역 덕분에 한국인들의 가슴에 와 닿아 일본에 대한 종래의 이미지를 일신하는 게 아닐까.

인간의 우스꽝스러움, 슬픔, 삶의 모습은 옛날부터 동서고금을 막론하고 글로 표현해 왔지만 그것을 5·7·5라는 17자의 정형시로 읊는 일본인들의 문예성에 대해 놀라지 않을 수 없을 것이다.

일본인들의 유머 정신에 관해서도 란교 선생의 센류는 한국인들이 반신반의하는 마음을 불식시켜 줄 것이다.

한국인들은 시를 아주 사랑하는 민족이다. 틀림없이 센류에 눈을 뜨는 계기가 될 것임을 기대한다.

골치 아픈 이야기보다 웃음을 자아내게 하는 이야기는 대화를 활성화 시키고 서로가 친근감을 느끼게 한다. 센류는 상호 이해에 큰 역할을 할 힘을 갖추고 있다.

언젠가 서로 눈웃음을 지을 한일 센류 모임이 열리게 되면 양국 간에 가로 놓인 넓은 바다는 훨씬 더 좁혀질 것이다.

란교 센류 한국어판은 이러한 사명을 띠고 있는 것이다.

하야시 에리코 (작가)

乱魚川柳が日韓の架け橋となる日

　現代川柳界を代表する乱魚さんのユーモア川柳が、日本人以上に日本の文化や言語に精通、その上ウイットセンスの持ち主チョ・ヒチョルさんによって翻訳され、上梓の暁を迎えるなんて、快挙としかいいようがない。
　川柳の韓国語訳は、世界初でもある。
　この本が韓国の書店に並び、多くの人が読んでくれることを、私は夢見ている。
　その夢が現実になった日、乱魚川柳は名訳を得たことで韓国人の心情に響き、彼国の人たちは従来の日本と日本人に対するイメージを一新するのではないだろうか。
　人間のおかしさ、哀しさ、人情は、昔から世の東西を問わず文章に託されてきたけど、それを五七五という短詩に綴る日本人の文芸性というものは、瞠目をもって認識されよう。
　日本人のユーモア精神に関しても、乱魚川柳は、あちらの人々の半信半疑のまなざしを払拭させるに十分である。
　そうして、詩を好む民族性の韓国の人たちのことである、きっと川柳開眼という慶事に見舞われるに違いないと、私は期待する。
　むずかしい話より笑みのこぼれる話のほうが会話は弾み、互いの気持ちは近づきやすくなる。川柳は相互理解の大役を担うに十分な力を備えている。
　いつの日か、くすっと目笑いを交える日韓の川柳会が開催されたら、隣国間に横たわる海の広さはずんと狭まる。
　乱魚川柳の韓国語版は、こうした使命を担っているのである。

　　　　　　　　　　　　　　　　　　　　　林　えり子（作家）

ハングル訳
暮らしのユーモア川柳

한국어 역
생활 속의 유머 센류

いい土に還ろううまいもの食って

얼마 더 살까
　　　좋은 음식 먹고서
　　　　　　좋은 흙 되자

(オルマ トサルカ　チョウン ウムシク モッコソ　チョウン フク トェジャ)
　後どれくらい生きようか　良いもの食べて　いい土になろう

一秒でもいっしょにいたい回り道

단 일초라도
　　　더 같이 있고 싶어
　　　　　　돌아가는 길

(タン イルチョラド　ト カチ イッコ シポ　トラガヌン ギル)
　たった一秒でも　もっといっしょにいたい　回り道

後半は妻に取られたサーブ権

인생의 후반
　　　　주도권 움켜잡은
　　　　　　　　우리 마누라

（インセンエ フバン　チュドクォン ウムキョジャブン　ウリマヌラ）

　人生の後半　主導権握り締めた　うちのかみさん

妻の枕にしたこともある左腕

내 왼쪽 팔목
　　　　마누라 팔베개로
　　　　　　　　활약했었지

（ネ ウェンチョク パルモク　マヌラ パルベゲロ　ファリャケソッチ）

　私の左腕　妻の腕枕として　活躍していた

帽子裏返せば善意降り注ぎ

뒤집은 모자
　　　관중에게 내미니
　　　　　　돈이 모이네

(トゥジブン　モジャ　クヮンジュンエゲネミニ　トニモイネ)

　逆さまの帽子　観客に出したら　お金集まり

生きていてくれというのはひと握り

오래 사세요!
　　　이런 말 하는 사람
　　　　　　몇 안 되누나

(オレサセヨ！　イロンマルハヌンサラム　ミョッアンドェヌナ)

　長生きして下さい！こんな話をする人　幾人もいない

音たてて飲むとスープの味がする

수프까지도
　　　후루룩 소리 내야
　　　　　먹은 것 같지

(スプカジド　フルルクソリネヤ　モグンゴッカッチ)

　スープまでも　スースー　音を立ててこそ　食べた気がする

握手した数がわたしの宝もの

내 자랑거리
　　　　수 많은 사람들과
　　　　　　　　익수한 거지

(ネ チャランコリ　スマヌン サラムドルグヮ　アクスハンゴジ)

　俺の自慢は　数多くの人と　握手したこと

秋雨も老いの別れもしょぼしょぼと

이 가을비도
　　　늙은이들 이별도
　　　　　　　　찔끔 찔끔

(イ カウルビド　ヌルグンイドル イビョルト　チルクムチルクム)

　この秋雨も　年寄りの別れも　しょぼしょぼ

アルバムに愛を剥がした跡がある

앨범 한 구석
     옛사랑을 떼어낸
         흔적이 있네

(エル ボム ハン クソク　イエッサランウル テオネン　フンジョギ インネ)

アルバムの片隅　昔の恋を剥がした　跡がある

医者が言うように生きても五千日

의사 말씀을
　　　그대로 잘 따라도
　　　　　　기껏 5천일

(ウィサマルスムル　クデロ チャル タラド　キコッ オチョニル)

　医者のお話を　ちゃんと守っても　せいぜい５千日

一回はノーと言われば気がすまぬ

늘 한 번쯤은
　　　심술을 부려야만
　　　　　　직성이 풀러

(ヌル ハンボンチュムン　シムスルル プリョヤマン チクソンイ　プルリョ)

　いつも一回くらいは　意地悪をしてこそ　気が済む

うまいものには単純な声をあげ

맛있는 음식
　　　군말이 필요 없어
　　　　　　그냥 감탄사

(マシンヌン ウムシク　クンマリ ピリョオップソ　クニャン カムタンサ)

　ご馳走に　贅言は要らない　ただ感嘆詞

おどけてる父へ子の目がさめている

재롱을 떠는
　　　아빠의 얼굴 보며
　　　　　　아이 무덤덤

(チェロンウル トヌン　アッパエ オルグル ボミョ　アイ ムドムドム)

　おどけている　パパの顔見て　子どもが白ける

女の気持ちわかったふりも欠かせない

여자의 마음
　　　어느 정도 아는 척
　　　　　　하지 않으면

(ヨジャエ マウム　オヌ チョンド アヌンチョク　ハジアヌミョン)

　女性の気持ち　ある程度は　知ったかぶりをしないと

隠し子がいてそれらしき権力者

숨겨논 자식
　　　방귀께나 뀐다고
　　　　　　모두 한 두 명

(スムギョノン ジャシク　パングィケナ クィンダゴ　モドゥ ハンドゥミョン)

　隠し子　幅を利かせる人は　皆　一人や二人

男とはつまらぬものよ人体図

남자라는 게
별로 대단치 않네
인체도 보니

(ナムジャラヌンゲ　ピョルロ テタンチ アンネ　インチェド ポニ)

男というものは　大して取りえがない　人体図を見ると

恩人へ年に二枚の葉書出す

은인한테도
　　　연하장 한 장으로
　　　　　　떼우고 마네

(ウニンハンテド　ヨナチャンハンジャンウロ　テウゴマネ)

　恩人にでも　年賀状一枚で　済ませる

聞くに耐えぬ歌へ免疫力をつけ

듣기 괴로운
　　　못 들어 줄 노래도
　　　　　　때론 참아야

(トッキグェロウン　モットロジュルノレド　テロンチャマヤ)

　聞きづらい　ひどい歌も　ときには我慢せねば

暮らしのユーモア川柳　19

食ったものも食いたいものもすぐ言えず

먹었던 음식
　　　　먹고 싶은 음식도
　　　　　　　　생각 잘 안 나

(モゴットン ウムシク　モッコ シプン ウムシクト　センガク チャル アンナ)

　食べたもの　食べたいものも　思い浮かばない

食うだけのくちびるなんか寂しすぎ

나의 입술은
　　　　그냥 밥만 먹으려
　　　　　　　　있는게 아냐

(ナエ イプスルン　クニャン パンマン モグリョ　インヌンゲアニャ)

　ぼくの唇は　ただ飯だけ食うため　あるものではない

煙に巻くとき英語をちらつかす

어려운 영어
　　　헷갈리게 하려고
　　　　　　마구 써 대네

(オリョウン ヨンオ　ヘッカルリゲ ハリョゴ　マグ ソデネ)

　難しい英語　煙に巻こうと　やたらに使う

子を介し犬を介して顔見知り

애들 덕분에
　　　강아지 산보 통해
　　　　　　발이 넓어져

(エドル トップネ　カンアジ サンポ トンヘ　パリ ノルブジョ)

　子どもを通じ　子犬の散歩を通じ　顔広くなり

恋人にも医者にもやたら待たされる

우리 애인도
　　　의사 선생도 나를
　　　　　　　기다리게 해

（ウリ エインド　ウィサ ソンセンド ナルル　キダリゲ ヘ）

　彼女も　病院のお医者さんも　ぼくを待たせる

これからというとき夫置き去りに

정년 퇴직 후
　　　찬밥 신세 돼 버린
　　　　　　바빴던 남편

(チョンニョン トェジクフ　チャンバプ シンセ トェボリン　パパットン ナムピョン)

　定年退職後　冷遇させられる　忙しかった夫

再生のきかない髪をお大事に

한 올이라도
　　　소홀히 할 수 없지
　　　　　　이 머리카락

(ハノリラド　ソホリ ハルス オップジ　イ モリカラㇰ)

　一本でも　なおざりにできない　この髪の毛

酒で死んだ友を弔うにも徳利

그놈 술 탓에
　　　저 세상 간 초상집
　　　　　또 술이라니

（クノムスルタセ　チョ セサンガン チョサンチプ　ト スリラニ）

　あのお酒のために　あの世に逝った喪家で　またお酒だなんて

女性歴に触れぬも礼を欠きそうで

여성 편력도
　　　한 두 번 안 물으면
　　　　　섭섭하겠지

（ヨソン ピョンリョクト　ハンドゥボン アン ムルミョン　ソプソパゲッチ）

　女性遍歴も　1、2回訊かないと　残念がるだろう

恋なきは灯のなき如しクリスマス

사랑 없다면
　　　캄캄한 성탄절과
　　　　　뭐가 다를까

(サラン オプタミョン　カムカマン ソンタンジョルグヮ　ムォガ タルルカ)

　愛のなきは　真っ暗な　クリスマスと　変わらない

シャガールの生きものたちは飛びたがる

샤갈 그림 속
　　살아 있는 모든 것
　　　　　날아다니네

（シャガル クリムソク　サラ インヌン モドンゴッ　ナラダニネ）

　シャガールの絵の中　すべての生き物　飛び回る

十回と妻の名前を呼んでない

기껏 열 번쯤
　　　　불러나 보았을까
　　　　　　　　마누라 이름

(キコッ ヨルボンチュム　プルロナ ポアッスルカ　マヌライルム)

せいぜい10回くらい　呼んだろうか　かみさんの名前

招待券隣の客はよく眠る

공짜표겠지
　　　　쿨쿨 잘도 자누나
　　　　　　　　옆 자리 손님

(コンチャピョゲッチ　クルクル チャルト チャヌナ　ヨプチャリ ソンニム)

ただ券だろう　ぐうぐうよくも寝ているね　隣の客

聖火も何もない階段を駆け上がる

성화도 없는
　　　캄캄한 인생 계단
　　　　　　끙끙 올라가

(ソンファド オムヌン　カムカマン インセン ゲダン　クンクン オルラガ)

聖火もない　真っ暗な人生の階段　必死に上がり

ゼロ金利持たざる者は強かった

저이자 시대
　　　정말 배짱 편하지
　　　　　　돈 없는 사람

(チョイジャ シデ　チョンマル ペチャン ピョナジ　ト ノムヌン サラム)

低金利時代　本当に気が楽だ　貧しい人

それとなく値を聞いている五つ星

하루 얼마요?
　　　　최고급 호텔 요금
　　　　　　　넌지시 물어

(ハル オルマヨ？ チェゴグプ ホテル ヨグム　ノンジシ ムロ)

　一泊いくら？　最高級ホテルの料金　そっと聞く

妻の皺半分ほどの責めを負う

쪼글쪼글한
　　　　마누라 얼굴 주름
　　　　　　　반은 내 책임

(チョグルチョグラン　マヌラ　オルグル ジュルム　パヌン ネ チェギム)

　ぐしゃぐしゃの　妻の顔の皺の　半分は俺の責任

通帳のほかはいらない形見分け

현금 아니면
　　　별로 반갑지 않네
　　　　　　부모님 유품

(ヒョングム アニミョン　ピョルロ パンガプチ アンネ　ブモニム ユプム)

現金以外は　あまりうれしくない　両親の遺品

妻ケロリ夫が泣いている離婚

요즘의 이혼
　　　마누라 여유만만
　　　　　　남편 죽을 상

(ヨジュメ イホン　マヌラ ヨユマンマン　ナムピョン チュグルサン)

近年の離婚　妻は余裕しゃくしゃく　夫は死に体

出かかった本音をしまう喉仏

하고 싶은 말
　　　　목까지 올라와도
　　　　　　　　꾹 참아야지

(ハゴシプンマル　モクカジ オルラワド　ククチャマヤジ)

　言いたいこと　喉まで出かかっても　じっと我慢しなくちゃ

定食を食い定時に退けてくる凡夫

점심엔 정식
　　　　저녁엔 정시 귀가
　　　　　　　　평범한 남편

(チョムシメン チョンシク　チョニョゲン チョンシ グィガ　ピョンボマン ナムピョン)

　昼は定食　夜は定時に帰宅　平凡な夫

天井抜けるほどを騒いで気が塞ぐ

친구를 만나
　　　갖은 수다 다 떨어도
　　　　　　허망한 마음

(チングルル マンナ　カジュン スダ タ トロド　ホマンハン マウム)

　友だちに会って　おしゃべりしまくっても　虚しい気持ち

テレビから盗んだらしい晩ごはん

저녁 반찬은
　　　낮에 TV 나온
　　　　　　반찬 몇 가지

(チョニョク パンチャヌン　ナジェ ティブイ ナオン　パンチャン ミョッカジ)

　夕食のおかずは　昼間のテレビに出た　何品かのおかず

内視鏡胃はワイセツに脈を打つ

내시경 보니
　　　벌거숭이 내 위장
　　　　　　춤을 추누나

(ネシギョン ボニ　ポルゴスンイ ネ ウィジャン　チュムル チュヌナ)

　内視鏡を見たら　裸の俺の胃が　踊りまくっている

二紙をとり二紙のイチロー野茂を読む

이치로 노모
　　　야구 뉴스 보려고
　　　　　　두 신문 받네

(イチロ ノモ　ヤグニュヌ ボリョゴ　トゥ シンムン パンネ)

　イチローと野茂の　野球ニュース見たさに　二紙を取る

逃げられぬ思い出がある通信簿

숨길 수 없는
　　　갖가지 추억 담긴
　　　　　　내 통지표여

(スムギルス オムヌン　カッカジ チュオク タムギン　ネトンジピョヨ)

　隠せない　いろんな思い出詰まる　ぼくの通信簿

ネクタイをジョキジョキ刻む嫉妬心

불타는 질투
　　　그이의 넥타이를
　　　　　　싹뚝 싹싹뚝

(プルタヌン ジルトゥ　クイエ ネクタイルル　サクトゥクサクサクトゥク)

　燃え盛る嫉妬　彼のネクタイを　ジョキジョキ

海苔巻きに駆けっこビリの記憶あり

김밥을 보면
　　　운동회 꼴찌하던
　　　　　　기억 나누나

(キムパプル ポミョン　ウンドンフェ コルチハドン　キオクナヌナ)

海苔巻き見ると　運動会でビリだった　記憶蘇る

途中まで書いて答を見るクイズ

너무 궁금해
　　　도중에 살짝 보는
　　　　　　퀴즈의 정답

(ノム クングメ　トジュンエ サルチャク ポヌン　クイジュエ ジョンダプ)

あまりにも気になり　途中で　そっと見る　クイズの正解

鼻つまむと生きているのがすぐ判る

살아 있는지
　　　코를 꽉 잡아 보니
　　　　　실감이 나네

(サラ インヌンジ　コルル クワク ジャバ ボニ　シルガミ ナネ)

　生きているか　ぎゅっと鼻をつまんでみたら　実感がわく

番号で呼ばれたときは返事せず

○○번 손님!
　　　숫자로 날 부르면
　　　　　대답 안 할 터

(○○ボン ソンニム!　スッチャロ ナル プルミョン　テダプ アナルト)

○○番のお客さん!　数字で呼ばれたら　答えない

一つ屋根の下燃えかすが二つある

한 지붕 아래
　　　타다만 잿더미가
　　　　　　두개 덩그렁

（ハン ジブン アレ　タダマン チェットミガ　トゥゲ トングロン）

　一つの屋根の下　燃えきらなかった燃えかす　ぽつんと２つ

暮らしのユーモア川柳　37

窓際でただの新聞ありがたし

명예 퇴직 전
회사의 공짜 신문
고마울 뿐야

(ミョンエ トゥェジク チョン　フェサエ コンチャ シンムン　コマウル プンニャ)

リストラ前　会社のただの新聞　ありがたし

万歩計もぐったりと着くマイホーム

교외 우리집
　　　　　만보계도 파김치
　　　　　　　　　너무 멀구나

(キョウェ ウリジプ　マンボゲド パギムチ　ノム モルグナ)

　郊外の我が家　万歩計もくたくた　遠すぎる

眼鏡越し世に浅ましい記事ばかり

너무 살벌해
　　　　안경 너머 보이는
　　　　　　　　요즘 세상은

(ノム サルボレ　アンギョン ノモ ボイヌン　ヨジュム セサンウン)

　殺伐過ぎる　眼鏡越しに見える　最近の世の中

米粒をこぼすと飛んできたげんこ

나 어렸을 적
　　　　밥알을 흘렸다간
　　　　　　　　된통 혼났지

(ナオリョスルチョク　パブアルル フルリョタガン　トェントン ホンナッチ)

　俺の子どものとき　ご飯粒こぼしたら　ひどく叱られ

利子つかぬ金に不義理を重ねている

미련을 대네
　　　　만만한 사람한테
　　　　　　　　빌린 돈쯤은

(ミリョヌルデネ　マンマナン サラムハンテ　ピルリンドン チュムン)

　返し渋り　甘く見られた人に　貸りたお金は

若者に席を譲って若返る

젊은이한테
　　　경로석 양보하고
　　　　　　젊어져 볼까

(チョルムニハンテ　キョンロソクヤンボハゴ　チョルモジョ ボルカ)

　若者に　敬老席譲り　若返りしようか

ホステスの耳学問に教えられ

술집 아가씨
　　　주워들은 실력이
　　　　　　만만치 않아

(スルジッノアガシ　チュォドゥルン シルリョギ　マンマンチアナ)

　ホステスの　耳学問　馬鹿にできない

暮らしのユーモア川柳　41

ビフテキと叫ぶ貧しき習い性

목소리 깔고
　　　스테이크 하나 줘!
　　　　　　폼 잡아 보네

(モクソリ カルゴ　ステイク ハナジュォ!　ポム ジャバ ボネ)

　低い声で　ステーキ一つくれよ!　格好つけてみる

子を殴っておかないと子に殴られる

다잡아 두소！
　　　　오냐 오냐 키운 애
　　　　　　　망나니 되니

(タジャバドゥソ！　オニャオニャキウンエ　マンナニドェニ)

　厳しく仕付けなさい！　甘やかした子どもは　だめになるから

よくできる息子が母の不幸せ

그게 불효야
　　　　엄마 역할 빼앗은
　　　　　　　훌륭한 자식

(クゲブリョヤ　オンマヨカルペアスン　フルリュンハンジャシク)

　それが親不孝だ　母の役目を奪った　立派な子供

暮らしのユーモア川柳　43

胸に手を当ててエイズを考える

에이즈 뉴스
　　　　가슴에 손을 얹고
　　　　　　　　곰곰 생각해

(エイズ ニュス　カスメ ソヌル オンコ　コムゴム センガケ)

　エイズのニュース　胸に手を当て　ゆっくり考える

差別ほど生き甲斐のあるものはなし

차별 당하니
　　　　더욱더 삶의 의욕
　　　　　　　　치솟는구나

(チャビョル タンハニ　トウクト サルメ ウィヨク　チソンヌングナ)

　差別受けて　ますます生きがい　湧き上がる

老不良ロートレックに目を細め

불량 노인이
　　　로트렉의 그림을
　　　　　　지긋이 보네

(プルリャン ノイニ　ロトレゲ グリムル　チグシ ボネ)

不良老人が　ロートレックの絵を　目を細めて見る

酒さめて低きについた夜を恥じ

아아 창피해!
　　술 취해 아첨 떨던
　　　　어젯밤 일이

（アア、チャンピヘ！　スルチュヘ アチョム トルドン　オジェッパム ニリ）

　ああ恥ずかしい！　酒に酔いおべっかを使っていた　昨晩のことが

妻にだけ知られなければ怖くない

남은 몰라도
　　　　마누라 알게 되면
　　　　　　　　나는 죽었소

(ナムン モルラド　マヌラ アルゲ トェミョン　ナヌン チュゴッソ)

　人はともかく　妻にばれたら　俺は最後

出世してからは貧しき過去も言い

출세한 후에
　　　　가난했던 옛 시절
　　　　　　　　떳떳이 얘기

(チュルセハン フエ　カナネットン イェッ シジョル　トットシ イェギ)

　出世した後　貧乏だった昔を　堂々と話し

老兵は死なず年金受けている

언제까지나
　　　　노병은 죽지 않고
　　　　　　　　연금을 챙겨

(オンジェカジナ　ノビョウン チュクチ アンコ　ヨングムル チェンギョ)

　いつまでも　老兵は死なず　年金をもらい

肩に手を置けばもの言う野の佛

들판의 석불
　　　　어깰 살짝 감싸면
　　　　　　　　말할 것 같네

(トゥパネ　ソクプル　オケル サルチャク カムサミョン　マラルコッ カンネ)

　野原の石仏　そっと肩を組むと　話しかけてくれそう

48　　생활 속의 유머 센류

妻の手を握る日とする日曜日

일요일만은
마누라 손을 잡고
슬쩍 위로해

（イリョイルマヌン　マヌラ ソヌル ジャブコ　スルチョク ウィロヘ）

日曜日だけは　妻の手を握り　そっと慰める

全身で愛して口で確かめる

우리 두 사람
　　　온몸으로 사랑하고
　　　　　　입으로 확인

(ウリ トゥサラム　オンモムロ サランハゴ　イブロ ファギン)

　彼女と俺　全身で愛し　口で確かめる

偽グッチを持つ快感も捨て切れぬ

짝퉁 구찌도
　　　들고 다녀 보니까
　　　　　　그 맛 괜찮네

(チャクトゥン クッチド　トゥルゴ タニョ ボニッカ　クマックェンチャンネ)

　偽物のグッチも　持ち歩いてみたら　結構いい気分

鳥になれたらサラリーマンは即やめる

회사 같은 건
　　　금방 그만둘 거야
　　　　　　새가 된다면

(フェサ ガトゥンゴン　クムバン クマンドゥル コヤ　セガ ドェンダミョン)

　会社なんぞ　すぐ止めてしまう　鳥になれれば

名刺には在宅勤務とも書けぬ

재택근무라
　　　내 명함에 새기긴
　　　　　　좀 뭐하구나

(チェテクグンムラ　ネ ミョンハメ セギギン　チョム ムォハグナ)

　在宅勤務と　ぼくの名刺に記すには　ちょっと気が引ける

出口なき暮らしに女老けやすい

앞뒤 꽉 막힌
　　　답답한 생활 속에
　　　　　　여잔 늙어가

（アプトゥイ クワク マキン　タプタパン センファル ソゲ　ヨジャン ヌルゴガ）

　八方塞がりの　退屈な生活の中で　女は老けてゆき

脱臭剤所帯臭さが消したくて

탈취제 싹싹
　　　살림에 찌든 때도
　　　　　　벗겨지려나

（タルチュジェ サクサク　サルリメ チドン テド　ポッキョジリョナ）

　脱臭剤シュッシュッ　所帯染みた垢も　取れるかな

均等法男の入れた茶もうまい

고용 평등법
　　　　남자 직원 타 준 차
　　　　　　　마실 만하네

(コヨン ピョンドンポァ　ナムジャ ジグォンタ ジュンチャ　マシルマナネ)

雇用平等法　男性の職員の入れてくれたお茶も　おいしいね

税関で開けば恥ずかしい中味

세관 통관시
　　　여행 가방 짐 검사
　　　　　　왠지 창피해

(セグヮントングヮンシ　ヨヘンガバン チムゴムサ　ウェンジ チャンピヘ)

税関通関のとき　トラベルバッグの荷物検査は
なんとなく恥ずかしい

真ん中へ小さく座る喜寿の母

고희 축하연
　　　사진 속의 어머니
　　　　　　너무 왜소해

(コヒ チュカヨン　サジンソゲ オモニ　ノム ウェソヘ)

古希の祝宴　写真の中の母　矮小過ぎる

荷を解けば海苔もビールも義理の色

김과 맥주라
　　　보내온 선물 보니
　　　　　　그렇고 그래

（キムグヮ メックチュラ　ポネオン ソンムルボニ　クロコ クレ）

海苔とビールか　送ってもらった贈答品　似たり寄ったり

芽が生えるほどの朝寝に憧れる

늘 수면 부족
원없이 한 번쯤은
뿌리 뽑고파

(ヌル スミョン ブジョク　ウォノブシ ハンボンチュムン　プリ ポプコパ)

　いつも寝不足　一回くらいは　とことん寝てみたい

本心を聞くと女も恐ろしい

여자의 본심
사실은 알고 보면
소름이 돋아

(ヨジャエ　ボンシム　サシルン アルゴ ボミョン　ソルミ ドダ)

　女性の本音　本当は知ってしまったら　鳥肌が立つ

長老という消えそうで消えぬ人

언제까지나
　　　원로란 이름으로
　　　　　　버티고 있어

(オンジェカジナ　ウォルロラン イルムロ　ポティゴ イッソ)

　いつまでも　長老という名前で　幅利かせ

脳開けてがっかりされるのも辛い

머리를 열어
　　　뇌가 비어 있으면
　　　　　　이 일 어쩌지

(モリルル ヨロ　メェガ ビオ イッスミョン　イ イル オチョジ)

　頭を開けて　脳みそ空っぽだと　どうしよう

暮らしのユーモア川柳

山盛りの飯にノスタルジアを持つ

내 어린 시절
　　　수북이 담은 밥이
　　　　　　그리워지네

(ネ オリン シジョル　スブギ タムン バビ　クリウォジネ)

　子ども時代　山盛りのご飯が　懐かしい

恋四十五十六十蜘蛛の糸

이내 사랑도
　　　나이를 먹을수록
　　　　　　사그라들어

(イネ サランド　ナイル モグルスロク　サグラドロ)

　自分の恋も　歳を取るほど　消えつつあり

天の声聞いた気がして妻選ぶ

잠시 헛 생각
　　　천벌을 받을까 봐
　　　　　　마누라 쵝고 !

(チャムシ ホッセンガク　チョンボルル パドゥルカボァ　マヌラ チェゴ)

　しばらく夢想　天罰受けるか　妻が最高！

土があった野原があった洟たらし

코흘리개 때
　　　뛰어놀던 들판의
　　　　　　흙냄새 어디

（コフルリゲテ　トィオノルドン トゥルパネ　フンネムセ オディ）

　洟たらしのとき　遊びまわった野原の　土のにおいはいずこへ

喜びに悲しみに金包む国

우리나라선
　　　슬픈 일 기쁜 일엔
　　　　　　부조가 필요

（ウリナラソン スルプンニル　キプンニレン　プジョガ ピリョ）

　わが国は　悲しいこと　嬉しいことには　包む金必要

手ぬぐいのサイズが似合う日本人

조그만 타월
일본인 사이즈에
딱 맞는구나

(チョグマン タウォル　イルボニン サイズエ　タヶマンヌングナ)

小さいタオル　日本人のサイズに　ぴったりだ

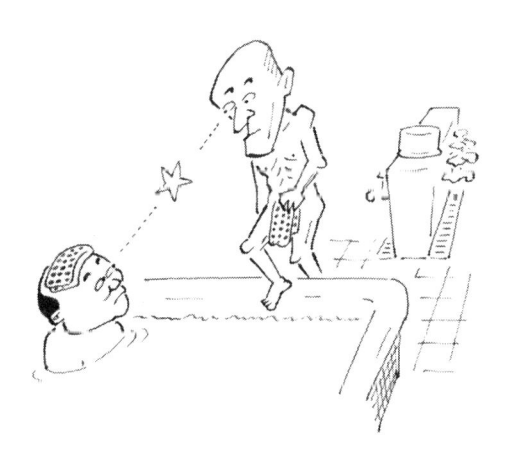

子を叱る言葉にむだな形容詞

괜한 잔소리
　　　　자식을 꾸중할 때
　　　　　　　필요가 없어

(クェナン ジャンソリ　チャシグル クジュンハルテン　ピリョガ オプソ)

　余計な小言　子ども叱るときは　必要ない

めしはあと回し巨人が打っている

「거인」맹공격！
　　　　밥 먹을 때가 아냐
　　　　　　　응원에 열중

(「コイン」メンゴンギョク　パム モグルテガ アニャ　ウンウォネ ヨルチュン)

　「読売巨人軍」猛攻撃！　ご飯は後回し　応援に熱中

自尊心こっそり辞書をひいてみる

모르는 낱말
　　　자존심 상하지만
　　　　　　살짝 찾아 봐

(モルヌンナンマル　チャジョンシムサンハジマン　サルチャクチャジャボァ)

知らない言葉　プライド傷つくが　そっと引き

賛成も反対もなく座がしらけ

찬성도 없고
　　　반대도 없으니까
　　　　　　분위기 썰렁

(チャソンドオプコ　パンデドオプスニカ　プヌィギソルロン)

賛成もなく　反対もないから　お寒い雰囲気

刈り後のかかし老後はこんなかな

빈 가을 들판
　　　쓸쓸한 허수아비
　　　　　　나와 닮았네

(ピン カウル ドゥルパン　スルスラン ホスアビ　ナワ ダルマンネ)

　刈り入れの済んだ田んぼ　寂しげなかかし　わしに似ている

あの人が視野にいる日の安堵感

바로 눈 앞에
　　　당신이 안 보이면
　　　　　　왠지 불안해

(パロ ヌナペ　タンシニ アンボイミョン　ウェンジ プラネ)

　目の前に　あなたが見えないと　なんとなく不安になり

いさかいのあと体温の違う妻

부부 싸움 끝
　　　온 집안에 썰렁한
　　　　　　찬 바람 불어

(ププ サウムクッ　オンジバネ ソルルンハン　チャンバラム プロ)

　夫婦喧嘩の末　家中にひんやりした　冷たい風が吹き

献体にいったん挙げた手をおろす

시신 기증자
　　　일단은 손 들었다
　　　　　　슬쩍 내려 놔

(シンシキジュンジャ　イルタヌン ソンドロッタ　スルチョック ネリョ ヌワ)

　献体へ　一旦は手をあげ　そっとおろす

男性という動物がすぐのぞき

밝히는 습성
남성이란 동물의
숙명일까나

(パルキヌン スプソン　ナムソンイラン トンムレ　スクミョンイルカナ)

エッチな習性　男性という動物の　宿命かな

佛様が座ると家具が入らない

좁은 집안에
　　　　불단을 들였더니
　　　　　　　　장롱 밀려나

(チョブン ジバネ　プルダヌル ドォリョットニ　チャンロン ミルリョナ)

　狭い家に　仏壇を入れたら　たんすが押し出され

ひま人の背中が猿に似はじめる

퇴직한 후에
　　　　원숭일 닮으려나
　　　　　　　　등이 굽어져

(トェジカンフエ　ウォンスンイル タルムリョナ　トゥンイ クポジョ)

　退職した後　猿に似ていくのか　背中が曲がり

マネキンの乳房はどれも垂れてない

마네킹 가슴
　　　　언제까지 지나도
　　　　　　　여전히 탱탱

（マネキン カスム　オンジェカジ ジナド　ヨジョニ テンテン）

　マネキンの胸　いつまで経っても　依然パンパン

顔までも踏んづけられてきたラッシュ

만원 전철에
　　　　몰골이 말이 아냐
　　　　　　　이내 모습이

（マヌォン チョンチョレ　モルゴリ マリアニャ　イネ モスビ）

　満員電車に　大変な無様　俺の姿が

出たものはみな平らげる薬食い

갖가지 약들
　　　　남기기 아까워서
　　　　　　　　다 먹어 치워

（カッカジ　ヤクトル　ナムギギ　アカウォソ　タ　モゴ　チウォ）

　いろんな薬　もったいなくて　全部呑んでしまう

満身で泣ける愛しき命かな

온 힘을 다해
　　　　갓 태어난 새 생명
　　　　　　　　고고성 울려

（オン　ヒムル　ダヘ　カッテオナン　セ　センミョン　コゴソン　ウルリョ）

　全力を尽くし　生まれたばかりの新しい生命　うぶ声をあげ

花の下男は阿呆になり切れる

뭇 남성들이
벚꽃 놀이 할 때는
말릴 수 없어

(ムンナムソンドリ　ポッコンノリハルテヌン　マルリルスオプソ)

男衆が　お花見する時は　止められない

妻にする女はうしろからも見る

연애완 달라
　　　마누라 삼을 여잔
　　　　　　잘 골라야지

(ヨネワン タルラ　マヌラ サムル ヨジャン　チャル コルラヤジ)

　恋愛とは違い　嫁にしたい女性は　ちゃんと選ばねば

ガラス一枚の平和の中にいる日本

불안하도다
　　　유리창 한 장 속의
　　　　　　일본의 평화

(プラナドダ　ユリチャン ハンジャンソゲ　イルボネ ピョンファ)

　不安だな　ガラス一枚の中の　日本の平和

いずれ燃やすものを人間ためている

허망한 인생
　　　　언젠간 다 태울 것
　　　　　　　　열심히 모아

（ホマンハン インセン　オンジェンガン タ テウル コッ　ヨルシミ モア）

　虚しい人生　いつかは燃やすべきもの　一所懸命集め

百にひとつ息子うれしいことをいい

뚱한 아들놈
　　　　어쩌다가 한 두 번
　　　　　　　　효자짓 하네

（トゥンハン アドルノム　オチョダガ ハンドゥボン　ヒョジャジタネ）

　ぶっきらぼうな息子　たまに１、２回　親孝行する

子ができて子の呼ぶように妻を呼ぶ

애 태어난 후
　　　　슬그머니 사라진
　　　　　　　아내의 이름

（エテオナンフ　スルゴモニ サラジン　アネエ イルム）
　子どもが生まれた後は　そっと消え去った　妻の名前

いま着いた燕に海の色を聞く

물 건너 소식
　　　　강남에서 온 제비
　　　　　　　알고 있겠지

（ムル コンノ ソシク　カンナムエソ オン チェビ　アルゴ イッケッチ）
　海の向こうの便り　南の国から来たつばめ　知っているだろう

暮らしのユーモア川柳　73

おまんまを粗末にさせている平和

풍족한 사회
　　　　아까운 먹거리가
　　　　　　　　마구 버려져

(プンジョカン サフェ　アッカウン モクコリガ　マグ ボリョジョ)

　豊かな社会　大事な食べ物が　やたら捨てられ

豪邸のチラシの上で爪を切り

아！호화주택
　　　　그 광고지 깔고서
　　　　　　　　발톱을 깎네

(ア！ホファジュテク　ククヮンゴジ カルゴソ　パルトブル カンネ)

　あ！　豪華住宅　そのチラシ敷いて　爪を切る

嘘書かぬ日記に書けぬことができ

솔직한 일기
　　　이제는 못 쓸 일이
　　　　　　생겨 버렸어

（ソルチカン イルギ　イジェヌン モッスルリリ　センギョ ボリョッソ）

率直な日記　もう書けないことが　できてしまった

少年の胸恐龍を飼いならす

소년의 가슴
　　　　공룡들 생각으로
　　　　　　　　가득 차 있네

（ソニョネ ガスム　コンリョンドゥル センガグロ　カドゥクチャ インネ）
　少年の胸　恐龍の思いで　いっぱいだ

のど飴をかりかり齧るほど怒り

분이 안 풀려
　　　　아자작 씹어 보네
　　　　　　　　애꿎은 사탕

（プニ アンプルリョ　アジャジャク シボボネ　エクジュン サタン）
　怒りが収まらず　かりかり噛んでみる　罪のない飴

天下を論じ国家を論じ金が欲し

내 나라 걱정
　　　　세상 걱정 좋지만
　　　　　　　난 돈 필요해

(ネナラ ゴクチョン　セサン ゴクチョン ジョチマン　ナンドン ピリョヘ)

　国の心配　天下の心配もいいけれど　俺はお金がほしい

給料を貰うと速くなる月日

월급 받은 후
　　　　왠지 더 빨라지네
　　　　　　　시간의 흐름

(ウォルグップ パドゥンフ　ウェンジド パルラジネ　シガネ フルム)

　月給をもらうと　なんとなく速く感じられる　時間の流れ

暮らしのユーモア川柳　77

柿盗って逃げた少年期の鼓動

감 서리하여
　　　걸음아 날 살려라
　　　　　　내달렸었지

（カムソリハヨ　コルマナルサルリョラ　ネダルリョソッチ）

柿盗って　３６計逃げるにしかず　逃げ帰る

年頃も似て過激派と機動隊

골수 데모꾼
　　　　나이도 비슷하네
　　　　　　　진압 경찰과

(コルス デモクン　ナイド ピスタネ　チナップ キョンチャルグヮ)

　革新活動家　歳も変わらない　機動隊と

男にだけ分かる話でよく笑い

여자는 몰라 !
　　　　음담패설 한 바탕
　　　　　　　낄낄거리네

(ヨジャヌン モルラ！　ウムダムペソル ハンバタン　キルキルゴリネ)

　女は知らない！　ひとしきり猥談　けらけら笑う

金貸したあとにはうんもすんもなし

돈 빌려 갈 땐
　　　죽는 소리 하더니
　　　　　　나중엔 몰라

(トン ビルリョ ガルテン　チュンヌンソリ ハドニ　ナジュンエン モルラ)

　借金するときは　音を上げていたものの　後は知らんぷりよ

借りは返さねばと当座には思い

돈 빌릴 때엔
　　　하루 빨리 갚아야
　　　　　　생각했건만

(トン ビルリル テエン　ハル パルリ ガパヤ　センガクヘッコンマン)

　借金したときは　一日も早く返さなければと　思ったものの

同じ酒飲んでた友が先に逝き

친한 술 친구
　　　늘 같이 마셨건만
　　　　　　먼저 떠나네

(チナン スル チング　ヌル ガチ マショコンマン　モンジョ トナネ)

　親しい飲み仲間　いつもいっしょに飲んだものの　先に逝く

慰謝料はこちらが貰いたい別れ

생각해 보면
　　　오히려 내가 받을
　　　　　　위자료라오

(センガケ ボミョン　オヒリョ ネガ バドゥル　ウィジャリョラオ)

　考えてみたら　かえって自分がもらうべき　慰謝料だよ

失恋をしてからたまり出すお金

실연한 후에
　　　　자꾸만 모이누나
　　　　　　　데이트 자금

（シリョナン フエ　チャクマン モイヌナ　テイト ジャグム）

失恋した後　どんどんたまる　デート費用

Ｓ席に座ると変わるアクセント

Ｓ석 자리
　　　　목소리 달라지네
　　　　　　　앉아 보니까

（エソクチャリ　モクソリ ダルラジネ　アンジャ ボニカ）

Ｓ席　声まで変わるよ　座ってみたら

ブランドは偽と見抜いていた空き巣

도둑마저도
　　　용케도 짝퉁 제품
　　　　　　알아차렸네

(トドゥクマジョド　ヨンケドチャクトゥン ジェプム　アラチャリョンネ)

　泥棒までも　よくも偽ブランド　気づいたね

割引も五割を越すと疑われ

대바겐세일
　　　5할이 넘어서면
　　　　　　믿을 수 없어

(テバゲンセイル　オハリノモソミョン　ミドルス オブソ)

　大バーゲン　5割を超えると　信じがたい

癌に値をつけて売ってる癌保険

암 종류 따라
　　　　가격이 달라지네
　　　　　　　　각종 암 보험

(アムジョンリュ タラ　カギョギ タルラジネ　カクチョン アムボホム)

　癌の種類によって　値段が変わる　各種の癌保険

ない髪が抜ける治療を怖く聞き

대머리라도
　　　　머리카락 빠지는
　　　　　　　　치료 무서워

(テモリラド　モリカラク パジヌン　チリョム ソウォ)

　はげだけど　髪の毛の抜ける　治療は怖い

癌告げる医師の消え入りそうな声

암인 것 같소
　　　의사의 목소리는
　　　　　　기어들어가

（アムインゴッ ガッソ　ウィサエ モクソリヌン　キオドロガ）

癌のようだ　医者の声は　消え入る

寝てる間も寝ずに癌細胞ふとる

잘 동안에도
염치없이 커 가네
암세포란 놈

(チャルドンアネド　ヨムチオプシコガネ　アムセポランノム)

寝ている間も　図々しく成長する　癌細胞という奴

なみだ眼を見せれば癌がつけ上がる

암이란 놈이
약한 눈치 보이면
마구 설쳐대

(アミランノミ　ヤカンヌンチボイミョン　マグソルチョデ)

癌というやつは　弱気を見せると　つけ上がる

こともなげに切れたら切るという主治医

잘라 버리죠
　　　대수롭지 않은 듯
　　　　　주치의 말씀

(チャルラ ボリジョ　テスロプチ アヌンドッ　チュチイ マルスム)

　切ってしまったら　何でもないかのような　主治医のコメント

妻のみで足りぬか身元保証人

신원 보증인
　　　마누라 하나로는
　　　　　왠지 불안해

(シヌォン ボジュンイン　マヌラ ハナロスン　ウェンジ ブラネ)

　身元保証人　妻一人では　何となく不安だ

癌は取った命は終えたでも困る

암 떼어 낸 후
　　　목숨도 끝난다면
　　　　　　말짱 도루묵

（アムテオネンフ　モクスムドクンナンダミョン　マルチャントルゥムク）

　癌を取り　命も尽きたら　元の木阿弥

病室で名乗れば地縁趣味の縁

환자들끼리
　　　이런 저런 이야기
　　　　　　족보 따져 봐

（ファンジャドルキリ　イロン ジョロン イヤギ　チョクポ タジョ ボァ）

　患者同士　よもやま話で　縁を探る

病み飽きた夜じゃんけんを独りする

장기간 입원
　　혼자서 지루하여
　　　　가위 바위 보

(ナヤンギガン イブォン　ホンジャソ ジルハヨ　カウィ バウィ ボ)

長期間入院　一人で退屈し　じゃんけんぽん

おそるおそるおそるおそるに三分粥

수술 끝난 후
　　　조심 조심 또 조심
　　　　　　묽은 미음죽

（ススルクンナンフ　チョシム ジョシム ト ジョシム　ムルグン　ミウムジュク）

　手術の後　用心用心また用心　薄い粥

点滴に頼り臓器が怠け出す

링거 맛들여
　　　게으름을 부리는
　　　　　　오장육부여

（リンゴマットリョ　ケウルムル ブリヌン　オジャンユックプヨ）

　点滴に味占め　怠けだす　五臓六腑よ

すしカレー病院食へ次の欲

퇴원만 하면
　　　　빨리 먹어 봐야지
　　　　　　　　초밥과 카레

(トェウォンマン ハミョン　パルリ モゴ ボァヤジ　チョバプクヮカレ)

　退院さえできれば　早く食べてみたい　すしとカレー

看護師の序列をなんとなく覚え

고참 환자는
　　　　간호사의 족보도
　　　　　　　　대충 외웠네

(コチャム ファンジャヌン　カノサエ チョクポド　テチュン ウェウォンネ)

　古株の患者は　看護師の序列も　だいたい覚え

病歴のそもそもを聞く見舞い客

무슨 병이오?
　　　　일일이 대답하기
　　　　　　　　성가시구나

(ムスン ビョンイオ？ イルリリ テダパギ ソンガシグナ)

　病名は？　一々答えるのも　めんどうくさい

回復度試しに妻と腕相撲

조금은 회복
　　　　마누라와 팔씨름
　　　　　　　　살짝 해 보네

(チョグムン フェボク　マヌラワ パルシルム　サルチャク ヘボネ)

　少しは回復　妻と腕相撲　そっとやる

癌病舎胃癌は癌のうちでなし

암 병동에선
　　　　암 축에도 못 드는
　　　　　　　　위암이어라

(アムビョンドンエソン　アムチュゲドモットヌン　ウィアムイオラ)

　癌病棟では　癌の数にも入らない　胃癌よ

笑うのを止めれば癌がぶり返す

암을 이기는
　　　　명약이 따로 없다
　　　　　　　　늘 밝은 웃음

(アムルイギヌン　ミョンヤギタロオプタ　ヌルバルグンウスム)

　癌に打ち勝つ　名薬は特にない　いつも明るい笑み

暮らしのユーモア川柳　93

病んで知る息子の距離と妻の距離

큰 병 후에야
　　　　아내와 자식 거리
　　　　　　　　실감했노라

(クンビョン フエヤ　アネワ チャシク コリ　シルガムヘンノラ)

　大病の後　妻と子どもの距離を　実感し

十年は生きて手術の元を取る

수술 비용은
　　　　십 년쯤 더 살아서
　　　　　　　　본전 빼야지

(ススル ビヨンウン　シムニョンチュム トサラソ　ポンジョン ペヤジ)

　手術の費用は　後10年くらい長生きし　元を取らねば

億兆を他人の単位として聞く

억이니 조니
　　　　돈 인연 없는 내겐
　　　　　　　　먼 나라 애기

(オギニ ジョニ　トン イニョン オムヌン ネゲン　モン ナラ イエギ)

　億や兆や　お金と縁のない自分には　人様の話

財テクの以前のものに縁がない

돈이 있어야
　　　　재테크를 할래도
　　　　　　　　할 수가 있지

(トー イッソヤ　チェテクルル ハルレド　ハルスガ イッチ)

　お金なければ　財テクしようにも　しようがない

尾の取れた霊長類が戦好き

늘 싸움박질
　　　꼬리 없는 원숭이
　　　　　　인간들이여

(ヌル サウムパクチル　コリ オムヌン ウォンスンイ　インガンドリヨ)

いつも喧嘩ばかり　尻尾のない猿　人間どもよ

紙くずになる自分史を出したがり

책 나와 봐야
　　　　휴지쪽 될 게 뻔한
　　　　　　　　내 개인 역사

(チェクナワ ボワヤ　ヒュジチョック トェルケ ポナン　ネ ゲイン ヨクサ)

　本出しても　紙くずになるに決まっている　自分の個人史

マニュアルの厚みにファイト潰れそう

새 전자 제품
　　　　매뉴얼 읽느라고
　　　　　　　　진이 빠지네

(セジョンジャ ジュプム　メニュオル イルヌラゴ　チニ パジネ)

　新電子製品　マニュアル読むため　疲れ果てる

風除けになる父として胸を張る

아비된 입장
　　　　자식의 바람막이
　　　　　　　　마달 수 없지

(アビドェン イプチャン　チャシゲ パラムマギ　マダルス オプチ)

　父親の立場　子どもの風除け　嫌だと言えない

彗星を見ていてひげが欲しくなり

별똥별 같은
　　　　긴 꼬리 모양 수염
　　　　　　　　길러나 볼까

(ピョルトンビョル カトゥン　キン コリ モヤン スヨム　キルロナ ボルカ)

　彗星のような　長い尻尾模様の髭を　伸ばしてみようか

遺伝子に進化は見えず憎み合う

세월 지나도
　　　　유전자 진화 제로
　　　　　　　　서로 미워해

(セウォルチナド　ユジョンジャチヌワ ジェロ　ソロ ミウォヘ)

月日が経っても　遺伝子の進化ゼロ　憎しみ合う

大方は忘れるために記憶する

세상 모든 것
　　　　열심히 외워 봐야
　　　　　　　　잊어버리지

(セサン モドン ゴッ　ヨルシミ ウェウォ ボワヤ　イジョボリジ)

世の中のすべて　一所懸命覚えたって　忘れてしまう

タイムイズマネータイムは持て余し

'시간은 돈'?
　　　　주체를 못하겠소
　　　　　　　　시간만큼은

(シガヌンドン？　チュチェルル モタゲッソ　シガンマンクムン)

「時間はお金？」　持て余しているよ　時間だけは

摩擦なき怖さを雪の道で知り

눈길에 꽈당!
　　　　마찰없는 무서움
　　　　　　　　새삼 깨달아

(ヌンギレ クヮダン！　マチャルオムヌン　ムソウム セサム ケダラ)

雪道にばたん！　摩擦のない怖さ　再認識する

モナリザの笑みよりやはり妻の笑み

내 아내 미소
　　　　모나리자보다도
　　　　　　　못할 게 없지

（ネアネミソ　モナリジャボダド　モタルケ オプチ）

　妻の笑み　モナリザに　劣ることないよ

ビルが建つたびに遠くに逃げる山

집 앞의 산은
　　　　빌딩 들어설수록
　　　　　　　멀어만 가고

（チバペ サヌン　ピルディング トロソルスロケ　チロマンガゴ）

　家の前の山は　ビルが建つほど　遠くなり

暮らしのユーモア川柳　101

のめのめのめのめのめと桜の散り加減

벚꽃 놀이다!
　　　　야, 부어라 마셔라
　　　　　　　이 꽃 지기 전

(ポッコッノリダ！　ヤ、プオラマショラ　イコッチギジョン)

　花見だぞ！　や、注いでよ飲めよ　この花が散る前に

数字には出ない苦労が妻にある

그 얼마든가
　　　　숫자로 계측 불능
　　　　　　　마누라 고생

(クオルマドンガ　スッチャロ ケチュク プルルン　マヌラ コセン)

　どれほどあるか　数字で計測不能　妻の苦労

薔薇をくわえても惚れてはもらえない

장미 한 송이
　　　입에 물고 멋 부려도
　　　　　　안 알아 주네

（チャンミ ハンソンイ　イベムルゴ モップリョド　アナラ ジュネ）

バラ一輪　口に咥えて格好つけても　見向きもしない

健康になるまずいもの食べさせる

아무리 쓴들
　　　건강에 좋다면야
　　　　　　꾹 참고 먹지

(アムリ スンドル　コンガンエ チョタミョンヤ　ククチャムコ モクチ)

　いくら苦くても　健康にいいとすれば　我慢して口に

和食には合ってる長い長い腸

길고 긴 대장
　　　일본 음식 먹기엔
　　　　　　딱 안성맞춤

(キルゴ ギン テジャン　イルボン ウムシク モクギエン　タクアンソンマチュム)

　長くて長い大腸　和食食べるには　もってこい

飲み疲れボトルも横になって寝る

술에 취한 밤
　　　술병까지 내 옆에
　　　　　　길게 누웠네

(スレ チュイハン バム　スルビョンカジ ネ ヨペ　キルゲ ヌウォンネ)

　酔った夜は　酒瓶まで　俺の隣に　伸びている

咳払い俺を忘れて欲しくない

에헴 에헴!
　　　헛기침을 하면서
　　　　　　내 존재 알려

(エヘム エヘム!　ホッキチムル ハミョンソ　ネ ジョンジェ アルリョ)

　えへんえへん！　咳払いしながら　自分の存在知らしめる

暮らしのユーモア川柳　105

どちらでもいい人ばかり先に来る

환자 병문안
안 와도 될 사람이
먼저 오누나

（ファンジャ ピョンムナン　アヌヮド ドェル サラミ　モンジョオヌナ）

見舞いには　来なくてもいい人が　先に来る

遅刻する人の電車はよく遅れ

상습 지각꾼
　　　　어쩌다 탄 차마다
　　　　　　　고장이 날까

(サンスプチガクックン　オチョダ タン チャマダ　コジャンイ ナルカ)

　遅刻常習者　よりによって乗った電車ごとに　故障するか

煙幕を張っても恋はお見通し

내숭 떨이도
　　　　보통 사이 아닌 걸
　　　　　　　다 알고 있지

(ネスン トロド　ポトン サイ アニン ゴル　タ アルゴ イッチ)

　しらっぱくれても　ただならぬ仲　みんな知っている

暮らしのユーモア川柳　107

残りもので妻を太らせてはならぬ

남은 음식을
　　　　아깝다며 먹느라
　　　　　　　마누라 살쪄

(ナムン ウムシグル　アッカプタミョ モンヌラ　マヌラ サルチョ)

残り物　もったいないからと食べて　妻太る

ゴキブリを見つけて妻に引き渡す

내가 찾아낸
　　　　바퀴벌레 처리는
　　　　　　　아내가 맡아

(ネガ チャジャネン　パクィボルレ　チョリヌン アネガ マタ)

俺の見つけた　ゴキブリ処理は　妻が担当

金のないときには妻の顔を見る

용돈 없을 땐
　　　마누라 눈치 보며
　　　　　　선처를 바라

(ヨントン オプスルテン　マヌラ ヌンチボミョ　ソンチョルル バラ)

お小遣いないとき　妻の顔見て　善処を乞う

번역후기

방랑객 도라상과 센류

일본 영화 「남자는 괴로워」의 주인공인 방랑객 도라상과 센류는 아주 닮은 것 같습니다. 갑갑한 세상에서 도라상과 센류는 한 줄기 바람이며 빛과 같은 존재입니다.

세상의 상식에 얽메임이 없이 자유분방하게 살아가는 도라상, 「수사학상의 특별한 제약도 없이 일상적인 입말을 사용하여 인생의 미묘함이나 세태나 풍속 등을 재미있고 풍자적으로 묘사」하는 센류는 일맥상통하는 점이 있는 것 같습니다.

이번에는 무모하게도 란교 선생의 센류를 한국어로 번역하는데 도전했습니다. 그 유머와 인생의 미묘함을 어디까지 한국어로 표현했는지 두려운 느낌이 듭니다. 옮긴이가 한국어로 번역할 때에 신경을 쓴 점은 리듬과 「맛」입니다. 우선 5·7·5조의 리듬은 한국어에 있어서도 친근감이 가는 리듬입니다. 이 리듬을 지키고 또, 센류의 「인생의 미묘함이나 세태나 풍속 등을 재미있고 풍자적으로 묘사」하도록 힘썼습니다.

검도나 서예, 다도, 꽃꽂이 등에도 그 수행 과정을 「守」「破」「離」의 3단계로 나누고 있지만, 번역의 세계도 마찬가지일 것 같습니다. 옮긴이의 번역이 「守」조차도 못 한 것은 아닌지 걱정이 됩니다.

그러나 이 책을 계기로 한국에서도 센류가 널리 알려지고 관심이 있는 사람들이 많이 늘어나서 센류를 지어 보려는 사람들이 나오면 더없이 기쁘겠습니다. 더욱이 한일 양국에서 서로 상대 나라를 이해하는데 도움이 되길 빌어 마지 않습니다.

조희철

翻訳後記

ふうてんの寅さんと川柳

　「男はつらいよ」のふうてんの寅さんと川柳は似ているような感じがしてなりません。閉塞感のある世の中で、寅さんと川柳は一筋の風であり、光のような感じがします。
　世の中のしきたりにとらわれず自由気ままに生きてゆく寅さん、「季語や切れ字などの制約もなく口語を用い、人生の機微や世相・風俗をこっけいに、また風刺的に描写する」川柳は相通じるものがあるようです。

　この度は無謀にも、乱魚先生の川柳の韓国語訳に挑戦させていただきました。そのユーモアや人情の機微をどこまで韓国語で表現できるか怖いような気がします。私が韓国語訳で心がけたのは、リズムと「味」です。まず、5・7・5のリズムは韓国語においても親しみの持てるリズムです。翻訳するにおいてこのリズムを守り、また、川柳の「人生の機微や世相・風俗をこっけいに、また風刺的に描写」できるように努めました。

　剣道でも、書道でも、お茶でも、お化でも、その修行の過程を「守」・「破」・「離」の三段階に分けていますが、翻訳の世界においても変わらないと思います。自分の翻訳が「守」さえもできていないような気がしてなりません。
　しかし、これを機に韓国でも川柳が認知され、興味を持つ人が増え、川柳を書いてみたいと思う人が出てくれれば無二の喜びです。さらに日韓両国で相手国を理解することにつながることをお祈りします。

曺　喜澈 (チョ・ヒチョル)

한국어 역「생활 속의 유머 센류」후기

 금세기에 들어「겨울연가」를 계기로 일본에서는 주연 배우인 배용준의「욘사마」붐이 일어나 아직도「욘사마」는 텔레비전의 화제가 되고 있습니다. 이에 앞서, 이성애가 부른 애조띤「돌아와요 부산항에」라는 노래는 일본인들의 가슴 속에 파고들었습니다. 일본 사람들과 한국 사람들 사이에는 공통된 심정이 있는 것 같습니다.

 시의 이해에 대해서는 일본어와 한국어라는 언어적인 문제가 있겠지만, 작가의 마음속에 있는 사물을 보는 눈이 같으면 서로 공감할 수 있는 부분이 많지 않을까 합니다.

 일본에는 사람들의 심정이나 사회 현상을 시로 표현하는 센류라는 문예 장르가 있습니다. 센류는 18세기 후반에 민중들 사이에 아주 유행했습니다. 그 작품은 1765년부터 1775년 사이에 167편 간행된「야나기다루柳多留」라는 센류집에 수록되어 하나의 문예 장르로서 일본인의 마음 깊이 뿌리내렸습니다.

 센류는 하이쿠와 마찬가지로 575조로 이루어진 정형시이지만, 계어(季語:하이쿠 등에서 계절감을 나타내기 위해 쓰는 정해진 말)라는 것도 없고, 문체도 자유로우며, 일상적으로 사용하는 입말을 씁니다. 초기에는 오로지 인간과 사회를 객관적으로 풍자하는 남성 전용의 문예였지만, 20세기부터는 작자 자신의 기분을 노래하는 주관적인 요소가 강해졌으며, 더욱이 전후에는 여성 작가도 많이 늘어나 평화를 사랑하는 문예로서 널리 사랑받고 있습니다.

 오늘날 일본에서 상당수의 매스컴에는 센류 코너가 있는데 독자들이 센류를 투고하고 있습니다. 번역에 의해 말의 문제가 해결되면, 한일 양국 사람들이 한 장소에 모여 센류를 지으며 서로 즐길 수도 있게 될 것입니다.

ハングル訳「暮らしのユーモア川柳」あとがき

　今世紀に入って韓国のドラマの「冬のソナタ」をきっかけに日本には主演俳優ペ・ヨンジュンの「ヨン様」ブームが起こり、いまなお「ヨン様」はテレビの話題になっています。これに先立ち、李成愛歌う「釜山港へ帰れ（泪の波止場）」の哀調は日本人の心に沁みわたりました。日本人と韓国人には共通する心情があるものと思います。

　詩の理解については、日本語とハングルという言葉の問題がありますが、作者の心の底にある、ものの感じ方が同じであれば、お互いに共感できることが多いのではないか、と思います。

　日本には、人の心や社会を詠む川柳という文芸があります。川柳は、１８世紀後半に市民の間で大変盛んになりました。その作品は、１７６５年から７５年間に１６７篇刊行された「柳多留」（やなぎだる）という句集に収録され、一つの文芸ジャンルとして日本人の心に根づきました。

　川柳は俳句と同じ五七五音のリズムをもつ定型の詩ですが、季語の約束事はなく、文体も自由で普通に読み書きする口語が用いられています。当初はもっぱら人間とその社会を客観的に風刺する男性の文芸でしたが、２０世紀に入ってからは作者自身の気持ちを詠む主観的な要素が強くなり、さらに戦後は女性の作者も大幅に増え、平和を愛する文芸として広く親しまれています。

　今日、日本のマスコミの多くは、川柳欄をもち、一般からの投句を歓迎しています。翻訳により言葉の問題が解決されれば、日韓両国市民が共通の場で川柳を作り楽しみ合えることもできるようになるでしょう。

이번에 저의 유머 센류를 한국어로 번역해 준 조희철 선생(도카이대학 외국어 센터 교수, NHK TV「텔레비전으로 한글 강좌」강사)은 어학 뿐만이 아니라 센류에도 조예가 깊어 2005년에는 『욘사마 센류』(그라프사)를 한국어로 번역했습니다.

서문을 써 주신 작가 하야시 에리코 선생은 「센류인・가와카미 산타로」를 비롯한 많은 저서가 있으며, 「욘사마 센류」의 편자이기도 합니다.

또 표지 그림과 본문 중의 만화를 그려 준 일본 만화가 협회 이사이며, FECO(세계 만화가 연맹) 회원인 니시다 요시코 선생은 『욘사마 센류』의 모든 만화를 그려 주었고, 또 시사 만화, 만평으로도 유명합니다.

여러분들이 이 책을 보다 좋은 책으로 만들기 위해 많은 아이디어를 제공해 주었고, 또 본서 출판에 임하여 많은 협력을 아끼지 않았습니다. 이에 진심으로 감사의 말씀을 드리는 바입니다. 본서가 일한 양국의 많은 분들이 읽고, 또 센류를 통해서 양국의 우호가 촉진되기를 진심으로 바라며 출판되었을 때 막걸리로 건배를 하고 싶습니다.

2009년 6월 20일

사단법인 전일본 센류 협회 회장, 999번 반가사 센류회 회장

이마가와 란교

今回、私のユーモア川柳をハングル訳して頂いたチョ・ヒチョル先生（東海大学外国語センター教授、ＮＨＫテレビ「テレビでハングル講座」講師）は、語学だけでなく川柳にもご堪能で、２００５年には『ヨン様川柳』（グラフ社刊）をハングル訳しておられます。

　序文を頂いた作家の林えり子先生は、『川柳人・川上三太郎』ほかたくさんのご著書があり、『ヨン様川柳』の編者もなさっておられます。

　表紙の絵と本文中の漫画を描かれた日本漫画家協会理事、FECO(世界漫画家連盟)会員の西田淑子先生は、『ヨン様川柳』のすべての漫画を描かれ、また時事漫画、ひとこま漫画を得意とされます。

　みなさんには、この本をより豊かに楽しくして頂き、また本書の刊行にあたり、多くのご協力を頂きました。ここに厚くお礼を申し上げます。本書が日韓両国の多くの方々に読まれ、川柳を通じて両国の友好が促進されることを心から願っており、出版の暁には、マッコリで乾杯をしたいと思います。

　2009年6月20日

　　　　　　　社団法人全日本川柳協会会長、９９９番傘川柳会会長

　　　　　　　　　　　　　　今　川　　乱　魚

【옮긴이 약력】
조 희 철

1953년 한국 대구 출생. 도카이 대학 외국어교육센터 교수.
2009년도 NHK 교육TV 한국어 강좌 강사.
저서『뉴밀레니엄 일한사전』(진명출판사), 『현대 한국을 아는 키워드77〈아시아 북스〉』(다이슈칸 서점)『Q&A 알고서 납득! 한국일상감각』(NHK출판) 등.

【저자 약력】
이마가와 란교

1935년 도쿄 출생. 본명은 이마가와 미쓰루. 와세다 대학 법학부 졸업.
999 반가사 센류회 회장. 도가쓰 센류회 최고 고문. 도쿄 미나토 반가사 센류회 전(前) 회장. 반가사 센류 본사 간사. 사단법인 전(全)일본 센류협회 회장. 일본 문예가 협회 회원. 일본 센류 펜클럽 상임이사. 센류인 협회 고문. 홋코쿠신문, 리하빌리테이션 센류란, 센류 마가진「웃음이 있는 센류」등 심사위원 다수.
제3회 일본현대 시가 문학관 관장상, 제9회 센류·다이유상, 제40회 센류문화상 수상.
저서 및 감수에『란교 센류 구문집』,『유머 센류 란교 구집』,『암과 투병하는 유머 센류 란교 구집』. 편저로는『센류, 보내는 말』,『웃음으로 답하는 센류』,『과학을 사랑하는 유머 센류 란교 선집』(과학편·기술편·생활편),『3분간에 지은 유머 센류 란교 선집』,『돈 소리 – 유머 센류 란교 구집』,『이탁옥(李琢玉) 센류 구집 취우(醉牛)』,『아내여! 유머 센류 란교 구문집』,『기시모토 스이후의 센류와 시상』『암을 혼내는 유머 센류 란교 블로그』등.

주소: 지바현 가시와시 사카사이 1167-4(우편번호 277-0042)
E-mail: rangyo@mug.biglobe.ne.jp

【訳者略歴】
曺　喜澈(チョ・ヒチョル)

　1953年、韓国大邱生まれ。東海大学外国語教育センター教授、2009年度NHK「テレビでハングル講座」講師。
　著書に『ニューミレニアム日韓辞書』(進明出版社〈販売元：ＪＰＩ(東京)〉)、『現代韓国を知るキーワード７７〈アジアブックス〉』(大修館書店)、『Q&A知ってナットク!韓国日常感覚」』(ＮＨＫ出版)などがある。

【著者略歴】
今川　乱魚(いまがわ・らんぎょ)

　1935年東京生まれ。本名充(みつる)。早稲田大学法学部卒。
　999番傘川柳会会長。東葛川柳会最高顧問。東京みなと番傘川柳会元会長、番傘川柳本社幹事。(社)全日本川柳協会会長。日本文藝家協会会員。日本川柳ペンクラブ常任理事。川柳人協会顧問。北國新聞、リハビリテーション川柳欄、川柳マガジン「笑いのある川柳」ほか選者多数。
　第3回日本現代詩歌文学館館長賞、第9回川柳・大雄賞、第40回川柳文化賞受賞。
　著書・監修に『乱魚川柳句文集』、『ユーモア川柳乱魚句集』『癌と闘う─ユーモア川柳乱魚句集』。編著に『川柳贈る言葉』、『川柳ほほ笑み返し』、『科学大好き─ユーモア川柳乱魚選集』科学編・技術編・生活編、『三分間で詠んだ─ユーモア川柳乱魚選集』、『銭の音─ユーモア川柳乱魚句集』、『李琢玉川柳句集　酔牛』『妻よ─ユーモア川柳乱魚句文集』、『岸本水府の川柳と詩想』『癌を睨んで─ユーモア川柳乱魚ブログ』ほか。

　住　所：千葉県柏市逆井1167-4(〒277-0042)
　E-mail:rangyo@mug.biglobe.ne.jp

ハングル訳
暮らしのユーモア川柳

○

平成21(2009)年10月20日　初版発行

著者
今 川 乱 魚

発行人
松 岡 恭 子

発行所
新葉館出版

大阪市東成区玉津1丁目9-16 4F 〒537-0023
TEL06-4259-3777　FAX06-4259-3888
http://shinyokan.ne.jp/

印刷所
FREE PLAN

○

定価はカバーに表示してあります。
©Imagawa Rangyo Printed in Japan 2009
本書からの転載には出所を記してください。無断複製は禁じます。
ISBN978-4-86044-385-6